ELOGE

HISTORIQUE.

19588.

ELOGE
HISTORIQUE
DE M. MOLIN,

Médecin Consultant du Roi, &c.

A PARIS,

(Impr. d'A. M. Lottin.)

M. DCC. LXI.

ÉLOGE HISTORIQUE

DE M. MOLIN,

Médecin Consultant du Roi , &c.

JACQUES MOLIN naquit à
Marvege, petite Ville du Gevau-
dan, le 29 Avril 1666. Il étoit fils
d'Aldebert Molin , Docteur en
Droit , & Avocat ; & de Suzanne
Salesses, cadet de trois frères & de
cinq sœurs.

Les commencemens de son éducation furent difficiles , & jusqu'à
l'âge de neuf ans , rien ne s'étoit
gravé dans sa mémoire. Il étoit au
moment où ordinairement l'on au-
gure des esprits , sans pouvoir encore juger du sien , lorsque tout-à-
coup il se développa. Alors M. Molin apprit les Langues Grecque &
Latine avec une rapidité surpre-
nante. Elles lui devinrent faciles , il

ſe les rendit familières , & il les a parlées toute ſa vie, comme ſi elles étoient peu différentes de la ſienne. Tout le monde ſçait qu'il rendoit ſouvent & toujours à propos , de longues tirades des Poëtes les plus accrédités. A quatorze ans ſon état étoit choiſi , & ce fut pour la Médecine qu'il ſe détermina. Il ſe rendit à Montpellier , & ſçut mettre à profit , dans un âge où toutes les impreſſions reſtent , les leçons du ſçavant Barbeyrac & des autres Profeſſeurs de cette célèbre Ecole. Ainſi il fut bien-tôt très - inſtruit dans une ſcience où les progrès ne ſe comptent d'ordinaire que par les années , & où chaque nouvelle connoiſſance eſt le prix de nouvelles difficultés ſurmontées.

Il perdit de bonne heure ſon père , & ſa famille le regarda dès-lors comme ſon appui. Un événement domeſtique mit au jour les reſſources de ſon eſprit , & juſtifia les eſpérances qu'on en avoit conçues.

Pendant son séjour à Montpellier, sa mère lui écrivit qu'une de ses sœurs, pour lors à Génève, étoit sur le point d'y contracter un mariage sans son consentement. Le jour même M. Molin partit pour Génève. On étoit sur le point d'en fermer les portes quand il arriva. On lui dit que sa sœur étoit allée à Morges, petite Ville de Suisse, & que dès le lendemain le mariage devoit s'y célébrer. Son parti fut pris dans le moment. Présenté au Résident de France auprès de la République, il en obtint un passeport, & par son crédit sortit sur le champ de la Ville. Arrivé à Morges, il trouva sa sœur occupée des préparatifs de son mariage. Il sçut gagner son esprit jusqu'à obtenir un délai de quelques jours. Dans cet intervalle, l'ayant engagée à un voyage de curiosité, il passa en France avec elle, sans même qu'elle s'en apperçut, & la rendit à sa famille.

Plein d'ardeur pour la profession qu'il avoit embrassée, M. Molin revint bien-tôt à Montpellier. Là, l'étude & la pratique partageoient tous ses moments. L'anatomie l'occupoit l'hyver : l'été il s'appliquoit à la Botanique. Dans l'intervalle que laissoient à sa disposition ces deux études chéries, il suivoit les Médecins aux Hôpitaux, & visitoit les malades dans la Ville : aucune espèce de dissipation n'entroit dans le partage de son tems, & on lui a souvent entendu dire que dans tout le cours de sa vie, il n'avoit jamais sacrifié un écu à aucun amusement frivole.

Ses Cours faits, le Bonnet de Docteur pris, la tête remplie de bons principes, M. Molin se crut en état de se montrer avec honneur sur un Théâtre plus digne de ses talens. Il vint à Paris, capable d'exercer, mais encore plus curieux d'apprendre, & de perfectionner ses connoissances. Tous les cours publics devinrent l'objet de ses études. Ceux du Jardin du Roi fixerent plus particuliérement son attention. Là, son affiduité lui procura une occasion de se faire connoître. Le Profeffeur d'Anatomie tomba malade, M. Molin le remplaça, & fit le Cours public. On tient ce fait de feu M. Malaval. Ce célebre Chirurgien avoit été du nombre des auditeurs, & il affuroit que *ce cours avoit été fait avec la plus grande diftinction.*

Un autre avantage que lui valut son affiduité aux herborifations du Jardin du Roi, fut la connoiffance qu'il fit avec M. le Maréchal de Noailles. Ce Seigneur, dont le goût pour les plantes & pour la Phyfique, eft devenu héréditaire dans fa famille, lui permit d'entrer avec lui dans une liaifon dont M. Molin connoiffoit le prix & dont il éprouva bien-tôt l'utilité.

M. le Maréchal de Noailles fut choifi pour commander notre Ar-

mée en Catalogne. Ce pays fertile
en plantes rares, pouvoit fournir à
M. Molin plus d'une occafion d'ac-
quérir de nouvelles connoiffances,
& de porter de nouvelles richeffes
dans le Jardin du Roi. Il le témoi-
gna à M. le Maréchal, qui, char-
mé de l'avoir auprès de lui, le fit
nommer Médecin en chef de l'Armée. Il n'avoit alors que vingt-fix
ans; mais on oublia bien-tôt fon
âge par le zèle & l'application qu'il
montra dans l'exercice de fa pro-
feffion. Nul Officier, aucun Soldat
n'échappa à fes foins, dès qu'il pût
leur être utile (a).

En 1697, M. le Duc de Vendôme fit expédier à *Maître Jacques
Molin des Lettres de Protomédic pour*

(a) Ce fait étoit attefté en 1694 par M. de
Trobat, Confeiller d'Etat, Premier Préfident
du Confeil Souverain de Rouffillon, Intendant
de l'Armée, qui qualifie M. Molin de *Médecin ordinaire du Roi.* En effet, il avoit ache-
té en 1692 une Charge de Médecin par quar-
tier.

toute la Catalogne, à l'effet d'exami-
ner les drogues, tant simples que com-
posées. . . . . . , Ces Lettres furent
signées *Louis, Duc de Vendôme,* &
contre-signées par son Sécretaire,
Capistron.

  Un témoignage encore bien flat-
teur, est celui que lui rendirent en
1697 & 1698, au Camp devant
Gironne, M. d'Egrigny, Intendant
de l'Armée, & M. le Chevalier de
Genlis, Gouverneur de la Ville &
Fort de Gironne, Directeur Général de l'Infanterie dans l'Armée
de Catalogne, & dans les Places
du Roussillon. L'un & l'autre assu-
rent que M. *Dumoulin* (a), *Méde-*
cin ordinaire du Roi & des Troupes
de S. M. en Catalogne, s'acquittoit
des fonctions de sa charge avec l'e-
stime & l'approbation de tout le
monde, ayant donné de continuelles
preuves de son application & de son

_____

(a) Depuis ce temps le Public s'est obstiné à
l'appeller Du Moulin.

zèle à la conservation des *Officiers
& des Soldats*. C'est d'après des preuves si distinguées , & sur le cri général que M. de Vendôme fit encore choix de lui , & voulut qu'il le suivît en Italie dans la même qualité de Médecin en chef des Armées de S. M. Le changement de climat ne faisoit qu'étendre sa réputation. Les campagnes d'Italie le comblerent d'honneur. Le Roi de Sardaigne l'avoit vû dans le Camp de M. de Vendôme , en avoit entendu parler avantageusement , & il s'en souvint. Ce Prince , que la politique & l'intérêt rendoient tour à tour l'ami ou l'ennemi de la France , tomba malade. Nous étions alors en guerre avec lui : il demanda M. Molin ; on l'accorda, & le Prince guérit.

L'hyver de 1706 , il revint à Paris. Son retour fut accompagné de toute la gloire qui peut flatter la juste ambition d'un mérite supérieur , utile à tout le monde. Les

pères lui devoient leurs enfans, les
femmes leurs époux, le Roi des Su-
jets fidéles, & la Patrie des Citoyens
précieux. Sa réputation l'avoit pré-
cédé : une guérison difficile & di-
stinguée l'augmenta. Le grand-père
de M. le Prince de Condé étoit
dangereusement malade à Chan-
tilly. M. Molin fut appellé. L'in-
quiétude étoit à la Cour & dans la
Ville. Les Courriers se succédoient
l'un à l'autre, & les variations des
nouvelles entretenoient les allarmes.
Le Ciel seconda les efforts & les
talens de M. Molin. Le Prince re-
couvra la santé, & ne la dût qu'à
M. Molin. Il avoit alors environ
quarante - deux ans. Dès ce moment sa réputation fut assûrée par
la voix publique : il fut le Médecin de la Ville & de la Cour. Louis
XIV l'appella dans les dernières
années de sa vie, & voulut qu'il
fût consulté dans toutes ses maladies.

Dans le danger où se trouva le

Royaume, par celui du Roi en 1721, M. Molin fut joint à MM. Dodart, Helvetius, & autres Médecins de la Cour, & mérita avec eux l'honneur d'avoir guéri S. M. Il eut aussi part à ses bienfaits. *De l'avis de M. le Duc d'Orléans, Régent, le Roi, voulant que les Médecins appellés en consultation sur sa maladie, jouissent pendant toute leur vie des fruits de sa bonté, accorda à M. Molin une pension de 1500 livres sur son Trésor Royal;* & en 1728, l'honnora d'un nouveau Brévet en qualité de Médecin Consultant.

Les années s'écouloient & la réputation de M. Molin se soutenoit dans toute sa force, croissoit même, parce qu'elle n'étoit point l'effet de la brigue & de la cabale. En 1744, arriva le moment si inquiétant pour la France, moment qui jamais ne s'effacera de notre mémoire. Les fatigues d'une campagne aussi pénible que glorieuse, al-

térerent enfin la fanté de notre Mo-
narque fi aimé , fi digne de l'être.
La maladie en impofa d'abord à
ceux qui environnoient S. M. lorfque tout-à-coup , elle augmenta
avec une violence qui fit trembler
pour des jours que chaque François
auroit voulu racheter au prix des
fiens. Les progrès furent fi rapi-
des, que le danger du mal ne fut
connu que lorfque la guérifon étoit
défefpérée. Des Courriers difpofés
par-tout fur la route , nous appor-
toient d'heure en heure de nouvelles allarmes. Nos Eglifes ouvertes
& remplies jour & nuit , retentif-
foient fans ceffe des cris & des vœux
que formoient à l'envi tous les Or-
dres pour le Pere commun de tous
les Etats. Quoique âgé de foixante
& dix-huit ans , M. Molin ne con-
noît ni prétexte, ni infirmités, nul
rifque à fes yeux que celui du Roi.
Il ne s'arrête nulle part : il vole où
nos vœux l'invitent de fe rendre ;
où l'amour le conduit. Le danger

diſparoît à ſa vûe, & bien-tôt la
maladie céde à ſes ſoins (*a*) : mais
la ſanté de S. M. n'étant pas encore bien aſſûrée, M. Molin la
preſſa de revenir à Verſailles. Le
Roi, n'écoutant que les mouvemens
de ſon cœur, quitte Metz, ſe re-
met en Campagne, va foudroyer ce
Boulevard d'où l'Empire ſe croyoit
en état de ménacer la France, &
de-là revient à petites journées dans
ſa Capitale impatiente de le revoir,
ſuivi par-tout & par-tout entouré
d'un peuple qui célébroit par-ſes
fêtes le double triomphe de la va-
leur & de la guériſon. M. Molin
parut devant lui : *Hé bien*, lui dit
le Roi, *ſi je vous avois cru, je n'au-
rois pas pris Friboug. Sire*, lui ré-
pondit M. Molin, *j'étois plus occupé de votre ſanté que de votre gloire.*
Neuf mille livres d'appointement
furent ajoutées au Brévet de Mé-

(*a*) Voyez Lettre ſur la maladie du Roi,
pag. 12.

decin Consultant qu'avoit M. Molin,
& lui ont été payées jusqu'à sa mort.

Quelques années après, un nouveau danger menaça la France. M.
le Dauphin fut attaqué d'une petite vérole confluente & dans un
âge où cette maladie est très-re-
doutable. La guérison devint d'autant plus difficile, que le cerveau
fut menacé d'inflammation. Les
préjugés osèrent lutter contre l'avis
de M. Molin, qui jugeoit la saignée
du pied indispensable : mais l'autorité d'un si grand homme l'em-
porta : l'Héritier du Throne fut
sauvé. M. Molin en partagea la
gloire avec MM. Helvétius, Fal-
conet, Pousse, Vernage, M. le
premier Médecin du Roi, & les autres Médecins de la Cour qui furent
de son avis. C'étoit à lui seul que nous
avions été redevables de la guérison de M. le Duc d'Orléans dans
une maladie semblable & accom-
pagnée de circonstances aussi dan-
gereuses.

B

Tant de fuccès , une fortune
confidérable , une réputation étendue , l'une & l'autre établie & mé-
ritée par un travail affidu ; mieux
encore , l'eftime générale & la confiance publique , récompenfe la plus
flatteufe, n'enorgueillirentjamais M.
Molin. La modeftie donnoit encore un nouveau luftre à fes talens.
Doux & facile avec fes inférieurs ,
poli & prévenant avec fes Confre-
res , humain & complaifant avec
tout le monde , il étoit le feul qui
parût ignorer combien à tous égards
il avoit de fupériorité fur les autres. Les Médecins les plus accrédités lui cédoient par-tout le pas ,
& fe faifoient honneur de fuivre fes
confeils.

M. Sylva , homme de beaucoup
d'efprit & d'une grande reffource
dans les maladies longues & défef-
pérées , qui avoit toujours confervé
vis-à-vis même de M. Chirac un
ton d'émulation & d'égalité , le
quittoit avec M. Dumoulin. Tous

deux un jour furent appellés chez M.
l'Abbé de Ventadour, alors Prieur
de Sorbonne, Recteur de l'Univer-
sité, & depuis Cardinal de Soubise,
qui étoit dangereusement malade.
M. Sylva se fit attendre. *N'accusez
que vous-même, si je viens tard*, dit-
il à M. Molin, *J'étois dans une mai-
son où l'on parloit de vous ; je n'avois
garde d'interrompre. Racine souffroit
volontiers qu'on dît du bien de Cor-
neille.*

Un autre Médecin très-célébre
par le nombre & par le mérite de
ses Ecrits en tout genre, se faisoit
un plaisir de rendre témoignage à
la supériorité de M. Molin ; &
dans les consultations fréquentes
qu'il avoit avec lui, après avoir dit
son avis, lui disoit volontiers : *à
vous notre Dictateur.*

Quelqu'occupé que fût M. Molin
il donna toujours ses conseils & ses
soins à tous les malades, sans distin-
ction de rang & de fortune. Grands

& petits , riches & pauvres , maîtres
& domeſtiques , tous avoient droit
ſur ſon zéle , & il ſacrifioit à tous
ſon repos. Souvent levé avant l'au-
rore , il parcouroit dans tous les in-
ſtans du jour, tous les quartiers de
Paris ; plus eſtimable ſans doute
lorſque courbé ſous le poids des
années , il alloit au dernier étage
d'une maiſon pour y porter des ſe-
cours de toute eſpece , que lorſqu'il
montoit les degrés d'un Palais.

Il étoit naturel que l'étendue de
ſa fortune répondît à celle de ſes
talens. Mais on ſçait l'uſage qu'il
faiſoit de ſes richeſſes. (a) Trente-
deux neveux ou petits-neveux lui
ont dû leur éducation & leur éta-
bliſſement , & les pauvres leur ſub-
ſiſtance. Tout étoit donné à la na-

(a) M. Molin gagnoit par an 30 à 40000 liv.
Il avoit donné environ 800000 liv. à ſa famille
de ſon vivant, & à ſa mort il s'en trouvoit
autant à partager entre les héritiers de ſa
femme & ſon légataire univerſel.

ture & à l'humanité. Il ne s'appro-
prioit rien. Il avoit vû naître le
luxe, qui confond tout, sans s'en
laisser corrompre. Son extérieur
étoit sans faste, peut-être trop né-
gligé. M. Molin avoit-il besoin d'ê-
tre plus recherché ? sa figure avan-
tageuse, & la célébrité de son nom
le distinguoient suffisamment.

Dans le grand nombre de consultations que M. Molin faisoit pour
la Province, il étoit aussi attentif
qu'au chevet de ses malades. Peu de
théorie, mais de cette théorie vrai-
ment médicale, fondée sur l'expérience & l'observation, sans systê-
mes & sans verbiage. Il constatoit
les maladies par leurs signes & leurs
symptômes, peu curieux d'en re-
chercher les causes éloignées, moins
connues & souvent étrangères. Il
saisissoit les indications les plus pres-
santes, fixoit le régime le plus con-
venable, établissoit une suite de ré-
médes sûrs & éprouvés, & s'éloi-

gnoit en tout de cette Polypharma-
cie faſtidieuſe, ſouvent préjudicia-
ble, qui n'eſt que le manteau de
l'ignorance & ne guérit jamais.

Plus éclairé qu'un autre ſur le
Prognoſtic, M. Molin avoit l'avantage de bien juger, & ſe privoit du
plaiſir ſéduiſant de prédire. Il ſçavoit que l'événement dans les maladies dépend du concours de bien
des cauſes différentes; qu'il n'en faut
qu'une pour détruire ce que toutes
les autres préſagent; & en renon-
çant à la petite gloire d'avoir de-
viné, il ne s'expoſoit point à la
honte réelle de s'être trompé. At-
taché au moment & occupé de
cet objet ſeul, il ne vouloit pas
qu'on anticipât la veille ſur le lendemain, ou le matin ſur le ſoir. *Nox
dabit conſilium......., conſilium in
arenâ.....,* c'étoit ſon langage. Il
ſuivoit la maladie, étudioit ſon malade, interrogeoit tous ceux qui
étoient autour de lui, n'omettoit

rien de tout ce qui pouvoit in-
struire, trop heureux de s'assurer
de la vérité, quelques recherches
qu'elle lui coutât. Il laissoit aux
trompeurs empiriques la ridicule &
dangereuse vanité de juger de la
nature de la maladie d'après un
coup d'œil jetté au hazard sur le
malade, ou par un tact léger du
pouls, par l'inspection des urines,
ou du sang, signes dont la réu-
nion peut opérer certitude dans
l'esprit d'un Médecin habile; mais
qui séparés les uns des autres,
considérez à part & comme iso-
lés, fondent à peine une conjectu-
re. Ce silence de réfléxion, cette
taciturnité prudente, M. Molin les
portoit par-tout. Plein d'honneur
& de probité, il évitoit de dire
en public ce qu'il pensoit de l'état
de ses malades, ou il n'en parloit que d'une manière exacte &
uniforme. Jamais il n'employoit cet
art infidele de parler différem-

ment dans les différentes maisons.
Il laissoit cette ressource méprisa-
ble aux talens médiocres, qui parlant bien de leurs malades dans un
endroit, en parlant mal dans un
autre, se ménagent, en cas d'acci-
dent, la coupable satisfaction d'a-
voir bien dit une fois.

Personne ne connoissoit mieux
que lui l'usage difficile & appro-
prié à chaque maladie des différentes eaux minérales, tant pour
les bains & les douches que pour la
boisson. C'est une expérience lon-
gue & refléchie, & non pas des
analyses si souvent contradictoires,
qui peuvent en constater les ver-
tus ; & sur ce point comme sur
bien d'autres, la théorie doit céder
à l'expérience ou se régler par elle.
Il étoit partisan de la saignée sans
en être prodigue. Il l'employoit au
commencement des maladies, &
dans le fort des accès. Hardi sur
les purgatifs, il les ordonnoit d'au-

tant plus volontiers qu'il fçavoit
que ce font eux qui terminent les
maladies lorfqu'ils font donnés à
propos & par un Médecin habile a
faifir le moment.

M. Molin ne fe laiffa jamais pré-
venir ou paffionner pour aucun re-
méde, écueil affez ordinaire dans
la pratique de la Médecine. Cepen-
dant le lait pour toute nourriture
étoit un de ceux qu'il exhaltoit au-
deffus des autres dans une multitude
de cas, & il avoit l'art d'y préparer
fes malades. Il en ufoit lui-même
tous les jours. Il en prenoit fur les
onze heures (a) au retour de fes vi-
fites qu'il recommençoit après, &
ne revenoit dîner que fur les trois,
quatre ou cinq heures. Ce dîner
étoit fobre, peu de viande, beaucoup de potage, en hyver des fruits
cuits fous une cloche, en été des

(a) Le matin il prenoit volontiers du thé,
pourvû que ce fût du thé verd.

fruits bien murs & fondans , point
de vin depuis l'âge de quarante ans.
La Goutte dont il commença dès-
lors à être attaqué , lui avoit rendu
ce régime néceffaire. Elle le prenoit aux pieds , fouvent avec inflammation. Il ne craignoit point
alors de fe faire faigner , obfervoit
la plus grande diete , fe purgeoit
lorfque la douleur étoit calmée , &
rentroit avec courage dans toutes
les fatigues de fes fonctions ordi-
naires. Un tempérament fort &
robufte dont il n'avoit point abufé,
une paffion décidée pour fa profef-
fion dont il avoit l'efprit, le met-
toient en état de fournir conti-
nuellement à fes grandes occupa-
tions. Nulle confultation où M. Molin ne fût appellé. Les malades le
demandoient, les familles le défi-
roient, & plus vivement encore fes
confrères qui connoiffoient les ref-
fources de fon génie. Delà , cette
grande autorité qu'il eut par-tout ;

autorité utile à ſes confrères pour
qui il ranimoit la confiance des malades ; honorable à ſa profeſſion ſur
laquelle il faiſoit retomber l'eſtime
qu'on avoit pour lui ; avantageuſe
aux malades , du lit deſquels il écar-
toit cette foule de Charlatans &
d'Empiriques plus dangereuſe que
les maladies qu'ils ſe vantent de
guérir. Auſſi a-t-on vû depuis ſa
mort s'élever en Médecine un eſprit de nouveauté, & ſi j'oſe le dire, une eſpéce d'Anarchie ſi per-
nicieuſe qui s'établit au préjudice
des bonnes régles. Chaque malade
a ſon protegé, ſon empirique, ſon
remede de famille. On trouve même des Médecins qui prétendent
avoir une méthode & un ſyſtême à
part. Delà, ces principes ſi faux en
eux-mêmes & ſi contraires au bien
de la Société, qu'il faut renoncer
à l'ancienne façon de guérir, quelqu'autoriſée qu'elle ſoit par l'expérience des ſiécles, en ſuivre une

nouvelle, bannir la ſaignée, ajouter à l'ardeur de la fièvre le feu des cordiaux, faciliter les redoublemens, provoquer des ſueurs, exciter de prétendues criſes, ou attendre patiemment que la nature ſubjugue les maladies par ſes ſeules forces. Enfin, renverſer toutes les opinions reçues depuis les Grecs juſqu'à nous.

Cette Phréneſie aura ſon cours juſqu'à ce que des Médecins habiles aient le courage de ſe réunir pour la diſſiper. M. Molin s'y ſeroit oppoſé, il y a vingt ans, & elle n'eût pas prévalu. Il mourut le 21 de Mars 1755. âgé de 89. ans, d'une Goutte éréſipélateuſe, qui dégénéra en Gangrene, au pied & à la moitié de la jambe. Il n'a point laiſſé d'enfans, mais il revit pour d'autres emplois dans des neveux dignes de lui.

M. Molin n'a rien écrit ſur la Médecine qu'il ſçavoit ſi bien: mais il a le

plus contribué à établir la meilleu-
re méthode de la pratiquer. D'habiles Medecins, formés par ses leçons & sur ses conseils, l'employent
par-tout. Ce service nous intéresse
plus sans doute, & sera plus utile
que cette multitude de Livres qui
s'enfantent si facilement à l'ombre
du Cabinet, qui ne servent qu'à
perpétuer les faux raisonnemens, à
introduire le Pirrhonisme fatal aux
progrès des sciences pratiques, & à
remplir le Royaume de Médecins
propres à nous faire encore plus
regretter celui que nous avons per-
du.

FIN

www.ingramcontent.com/pod-product-compliance
Lightning Source LLC
Chambersburg PA
CBHW061615180626
46818CB00005B/2080